ひめ日和

網谷厚子

思潮社

ひめ日和

網谷厚子

思潮社

目次

カバー絵＝福地靖

ひめ日和　網谷厚子

ひめ日和

指先が　少しずつ伸びて　さらに細く　尖っていく　欲しいの　月が欲しいの　裳裾から血の香りを漂わせ　土から生えたばかりの芽のように　薄青い　透き通る顔を傾げて　眼差しは　ゆらゆら揺れて　あらゆるものを受け入れようとしながら　捉えようとするものを　激しく拒む　わたしは尻軽女ではありません　ぱちり開けた目が　悔しそうに閉じると　透明な水が　一筋　二筋　流

れた　わたしは鬼ではありません　いいえ　鬼かもしれません　夜な夜な　芥子の煙に燻されて　ねばつく読経の声に洗われて　幾度眠り　幾度目覚めただろう　わたしのための　わたしのためだけの　火花の爆ぜる　終わりのない　眩い宴　わたしが生まれたのは　仲秋の名月の夜　風も止み　静かな　雲もない夜　あの月が　欲しいの　生え放題の眉を　空に開いて　真っ白い歯を輝かせ大きな声で笑う　笑い声が泣き声に　泣き声が笑い声にただ深紅の袖を　真っ黒に濡らして　指先は　ぼうぼう絡まるほど伸びて　庭の片隅で　密かに膨らんだ大きな実が　ぱちんと弾けて　真っ赤な汁が滴り落ちる　押しとどめようもなく　膨らんで　弾けていくものの　たくさんの音を　耳を開いて注ぎ込む　わたしも　いつか弾けることがあるのだろうか　それから　きれいに肉体

が整えられ　小さな台に　お雛様のように座らされる
羽衣を探し出すことも　空飛ぶ車に乗ることもできずに
老いていくのだろうか　だから　今だけ　生まれたまま
の姿で　空を飛んでもいいじゃない　月が欲しいの　絡
まった指先を　空高く伸ばし　ひしゃくを描いて　なな
つぼし　月をすくい取って　欲し

わたしは小町

花の盛りはあっという間に　額に横皺　頰はこけ　窪んだ目がキョロキョロ　深く刻まれた皺が　縦横無尽に顔を走り　首筋は絞られた雑巾のように　抉られている

どこから見ても　老婆　となってしまえば　似たりよったりの　顔かたち　茫々と茂る草むらを　歌うように踊るように漂う　わたしは歌姫　だった記憶を　村人たちに思い出させて　わたしは小町　と名乗ろう　いやま

さか　色あせた衣は　ひっ裂いたように幾本にも垂れ
草履はどこでなくしたかわからない　足は泥だらけで
切り傷で血に染まっている　金襴緞子　だったであろう
帯を　腰のところできりりと結び　わたしは小町　恋人
との　間髪入れずの　歌の切り返し　草花を挟み　紙に
漉かれた色とりどりの木の葉　流れるような草書で　綴
られた物語　過ぎゆく季節の　大気の香り　風の冷たさ
温かさ　実を味わい　月を愛でる　あなた　琴はお持ち
貸してくださらない　「ことのはもときはなるをばたの
まなむまつをみよかしへてはちるやは*」　琴はありませ
んことよ　「ことのははとこなつかしきはなちるとなべ
てのひとにしらすなよゆめ*」　すぐに応えてくれる友
同じ思いを交感できる恋人　みんな短命なのよねえ　わ
たしは小町　病だけが　刻々と近寄ってきて　いつもい

つも　わたしを苛む　故郷に帰って　静かに眠ろう　足
がもつれて　ばったり倒れる　温かい土の上で　骨と皮
ばかりの身体が　ぺったり吸い込まれていく　風が吹き
渡る　風だけが吹き渡る　白く長い髪に覆われて　わた
しは小町　日本の隅々に　降る　降る　骸

＊『新撰和歌髄脳』（藤原公任著）所収の小野小町と友人との贈答歌
（「折句」で「ことたまへ」と「ことはなし」となっている）

曇天まほら

あなたを待っている　髪に大樫の葉を挿して　修羅にも
菩薩にもなれない　わたくしの　小さな身体が　溶けて
なくならないように　都にはまた　いつもの風が吹き荒
れ　芽吹き　花咲き　散っていく　青々と連なる山々に
囲まれて　月は放物線をくっきり描き　山から昇り　山
に落ちていく　無限に　その繰り返し　あなたのいない
都は　明けない夜　晴れない空　大路には　人の屍がう

ずたかく積み上げられる　戦　疫病　飢え　地震　旋風
火事　人の心は　それ以上に荒れ果てて　さらなる厄災
を　生み出していく　嘆き　悲しみ　憎み　それから
ただ燃えかすのようになった身を　屍に沈める　腐臭に
目覚め　また　何度でも　あなたを待っている　待つと
いう　その意志が　わたくしの中にわずかな火を点す
人は内なる火がなくては　たやすく息絶える　わたくし
が　あなたを待っているように　あなたも　わたくしを
待っている　ようにと願う　人の命が永遠でさえあれば
きっといつかは巡り会える　山の彼方で　火の手が上が
る　ばさばさ空を真っ黒に染めて飛び交う鳥たち　足音
高く走り来る獣たち　ここもお前たちの居場所ではない
と　どうしたら教えられるだろう　わたくしの　胸の真
ん中が　ずきんと痛む　あなたの馬が　いななく声が

聞こえた気がした　栗毛の足の長い　羽が生えたように
駆けていく　そのまま　空まで駆け上っていけそうな
あなたは　どこかの湿った草深い山の中で　わたくしを
呼んでいる　あと少しで会えるところで　わたくしは
川に入り　身を清め　真っ白い衣に包まれ裸足で駆け出
していく　厚く敷き詰められた雲の彼方　月は満月　青
白く　燃えている

行き行きて

お天道様に　したたか打たれ　西　東　行き行きて　三界　目の覚めるような真っ赤な李の実が　たわわに実る家に出会った　いつの間に通り過ぎて行った　季節　冷たい風が　容赦なく一重の僧衣に打ちつけ　身体の芯から凍えていた　頭陀袋が骨と皮だけの肩に食い込み　托鉢をする指がかじかんだ　現在は　思うより早く変転し続けている　見渡せば　塀を巡らせた屋敷で　甘いお菓

子を食べ　茶をたてる人がいる　生業に精を出し　溢れる銭を勘定している人がいる　たくさんの子ども　孫ひ孫に囲まれて　笑っている人がいる　浮き沈みは世の常として　どこかで　はぐれた人生は　繕うことも難しく　帰るべき草庵ひとつ　あればよし　それもいつまでそこにあるだろう　竹林が風に揺れ　さわさわと葉が散る音を聞く　夜通し降る雨音　細い手足を存分に伸ばして寝る　友も皆　草深い山の苔の下で眠る　どこまでも心まかせに　雲のように漂い　あるときは樵や漁師たちと暮らし　あるときは子どもたちと遊ぶ　王侯の位も神仙も　少しも羨ましいとは思わない[注1]　財宝も位も係累も墓には持っていけない　山林に薪を拾いに行き　街中で托鉢をする　西へ　東へ　休みなく　靄　霞　風　雨の中を彷徨う　一つの黒い影となって　蒼天を巡る　白い

雲となって　行き行きて　行き行きて　三界

注1　「あるときは樵〜思わない」まで内山和也著『良寛詩　草堂集貫華』（1994年・春秋社）所収「35雑詩二十八」93ページ参照

雨情

重なった大きな葉を　重量のある矢のように　雨はまっすぐうち叩く　葉はくずおれながら身もだえし　見えない陽の方向に　伸びやかに弾き返す　泥濘んだ地面をずしっ　ずしっと踏みしめて　わたしは前へ　前へと歩いていく　前に進んでいるはずなのに　身体が後ろにひきずられ　一歩一歩　退いて　やがて背中から　崖の下に　真っ逆さまに落ちていく　夢に　絡めとられる　背

中に背負った荷物は　もう　わたしを生かしてくれるものではない　死へと誘う魔神のように　きりきり苛んでいる　お母様　まだわたしは生きています　貧しい家に生まれたのに　たったひとりの男子に　ひもじい思いはさせまいと　父のいない田畑に　まだ暗いうちから出ていつも笑顔を見せていた　死んで魂となれば　今すぐにでも　軽々と故郷に帰れるのに　お母様はきっといつまでも　わたしの帰りを待っていてくれる　恋人よ　描きかけの裸婦像は　未完成のまま　必ず帰って　また絵筆を持ちますから　待っていてくださいね　友よ　ともに戦地に送り込まれた　友よ　大陸で　島々で　勝つために　人を殺せと持たされた　手榴弾や銃　刀剣を　身に添わせて　償いきれない　罪の重さに耐えているだろうか　男として生まれたばかりに　男でさえなければ　も

うそんなこと　鉄兜を揺らせながら　地面だけを見て
歩いていく　腹の虫は空の胃の腑で　自分より先に死に
絶えた　発熱する身体　お母様　友よ　恋人よ　許して
ください　お母様を守れなかったこと　再び手を握り合
い肩を抱くことができなかったこと　あなたを一人にし
て　裸婦像を未完成のまま残したこと　発熱していく身
体　空から落ちてくる雨を　口を開けて受け取る　まだ
生きている　生きようとしている　雨の名は知らない

桜革命

ゆるやかに蛇行する川岸に　ふつふつと春が湧き出ている　戦士と呼ばれ　拘束され　振り上げられた鉄棒　喉の奥から吐き出される獣の怒号を　細い肩と背中に浴び汚れた床に　ぼろ布のように張り付いた　空っぽの胃の腑から　温かくて苦いものが零れてくる　何が正しいかわからない　今は正しくとも　何年か後には　悪と呼ば

れる　そんな歴史を　笑うことはできない　数え切れない人々の屍を越えて　数え切れない人々の過ち　その膨大な　取り返しのつかない残虐さと愚かさ　歩け歩け墓場まで行軍は続く　「戦争をやめろ」※　まだ青いうなじの君が　夥しい仲間たちと　虫のように絡め捕らえられた日　五臓六腑を汚された　人が人であることを　取り上げるのも　人なのだ　故郷の父母　若き妻の顔　閉ざされた　白い塗り壁の病室に横たわり　君は　浅い息を吐き　飛び出しそうな眼球をぐるぐるさせて　最期の春の風景を　点描画のように丹念に思い描く　八重桜　ソメイヨシノ　八重桜　ソメイヨシノ　ソメイヨシノ　満開まで　あと少し　あと少しで　変えられたのだろうか　花びらが根こそぎ摘み取られても　蕾は幾度も芽吹くだろう　軍靴の響きが　水枕に響く　青いうなじの若

者たちが　遠く　遠く　旅立っていく

※今野大力「凍土を噛む」の一節

水夏

瞬きひとつする間に　光と熱風で　溶けたガラス瓶　弁当箱　人の肉体　熱い石に黒々と　刻まれた影　堅固な形あるものは　粉々に崩れ落ち　堆く積み上げられる
マリア像の首は　宙を飛んだ　あらゆるものが　破壊され　死に絶えた　その刹那　もうもうと煙だけが　せわしなく立ち上り　不自然な沈黙に包まれる　目のない人々が　爛れた喉を開き　血を吹き出しながら　叫ぶ　水

を　水を　水を　くださいい　瓦礫からのぞかせた耳は
ただ夏の痛い日差しに　晒されている　ぼろぼろに　引
き裂かれた上着　ズボン　破けたところから　真っ赤に
焼け爛れた肉が　垂れ下がっている　張り付いた衣服と
ともに　剥がれていく皮膚　痛いとか　そんなことを超
えて　何があったか　底のない　絶望という感情だけが
鮮やかな現実で　こんな姿で　生きていくのは無理です
か　水　水　水を　ください　亡霊のように　薄い身体
を漂わせて　お母さん　妹　弟の名を呼ぶ　瓦礫の中の
声を　探す　もういないものを　探している　いるはず
のない　ものを探している　ただ足を運ぶことで　絶望
から　逃れようとしている　呻き声がして　掘り起こす
と　肉の塊の中から　突き出た口が　動いている　水を
水を　水を　そう言って　口はぴったり塞がれた　あち

らこちらで　上がる声は　合唱となり　砂埃から立ち上
る　わたしたちの耳に　いつも木霊している　大都会の
乾いた敷石を　革靴で打ち鳴らしながら歩くとき　おい
しいと評判の店に行列しているとき　戦争の映像をぼん
やり見つめているとき　他国からミサイルを向けられ
核爆弾で　脅かされるとき　わたしたちの未来を　すで
に　わたしたちは見ている　水　水　水を　ください
沸騰し　拡張していく　夏　逃れようのない　地球

凍土を歩く

何十年前のことだろう　機銃掃射で無差別に撃たれ　息絶えた人々の　泥だらけの骸が堆く積み上げられた　稲が実るはずの田の水たまりに　とめどなく血が流れている　人が人を殺めるのに　どんな大義があるのか　ＴＩＭＥの極彩色のページが　ぬめぬめとした光を跳ね返していた　脳を射抜いた弾の軌跡　壕から飛び出したばかりの　のけぞった兵士の身体　あと少し早ければ　その

兵士が引き金を引いたかもしれない鉄砲が　手からするり抜けていく　断末魔の叫びは　時空を超えて響く　ロバート・キャパの捉えた瞬間　生と死が　いつでも隣り合わせ　赤い光がまっすぐに飛んでくる　爆発音が胸郭を鷲づかみにし　地面が揺れる　質量の重い　硬質の弾が　確実に狙った獲物の肉に食い込んでいく　無人爆撃機搭載のカメラの　落とされた爆弾が　目標に到達し爆発する　音のない　静かな　冷たい世界　共有するわたしたちも　知らず知らずのうちに　殺戮者になっている　もしかしたら　そのことにすら気づいていない　戦いは何十億年も続き　強い者だけが生き残ってきた　弱い者　先住の民　書き言葉をもたない者は　いわれのない　盗伐　密漁の罪をきせられ　故郷の土地から連れ去られる　囲われ監視され　家畜のように　飼い慣らされ

る　ガラスケースに並べられた観賞用の風俗　悲しい音調の歌　形ないものはいち早く消えていく　リアルタイムで映し出される　戦場と化した美しかった町並み　逃げ惑う人々　砲撃で　原型をとどめないアパート　学校病院　道路で幾日も放置されたままの　後ろ手に縛られ撃たれた人々の黒々とした骸　宇宙からも　はっきりとわかる惨劇　わたしたちの小国も　行ったことを忘れ残虐な殺戮者であったことを忘れている　弱い者　回収されない人々の悲しみ　憤りは　幾百万の声でも　届かない　振り上げた拳は　空しく宙を舞う　なだめすかされ　大金を搾り取られ続けていることに気づかず　他国の出来事を　憂いながら眺めている　富める国と貧しい国　生存の危機に晒され続けている人々　子どもたちわたしたちもいつか　いともたやすく侵略され　国土を

あっという間に　かすめ取られる　狭い地球から　火星
への移住計画に　わたしたちは呼ばれていない　国境は
海　どんなものでも超えてくるだろう　威嚇し続ける
隣国はひとつではない　「戦争をやめろ」と叫び　戦い
に生きた今野大力　最期に見た　桜のように散っていっ
た　幾万の若者の魂が　花の季節に疼き出す　世界はま
すます危うく　汚染され　住めなくなる日が近づいてい
るのではないか　予感は　現実を先取りする　何十年後
のことだろう　わたしたちが　ディズニーのウォーリー
どこか火星探査機キュリオシティに似ている　ポンコツ
ロボットの物語のように　地球に戻って　地上に咲く
小さな花を見つけるのは

搏動

道端で　突然泣き崩れた人がいる　泣き声は　幾本もの棘となって　わたしを突き刺す　とめどなく流れる涙は翡翠となって　ころころ転がっていく　声は上げなくても　わたしの眼から　溢れるものがある　その人の震える肩を抱き　さすりながら　その人の悲しみを　分け合えたら　できることなら　その深みへと続く　険しく凍った道を　ともに歩きたいと思う　空は遙か彼方まで透

き通り　何ごともなかったように輝いている　終わらない砲撃で　上から押し潰されたように　こなごなに崩れた壁　家具　撃ち抜かれ　ぐにゃりと折り曲がった足
落とし物のように　放置された屍　隠れようのない大地で　宇宙からも捉えられる事実が　なかったように伝えられる　向こう側の刃の意図　破壊され尽くした　瓦礫の中を　進軍する戦車の群　ドローンが獲物を探し　攻撃する　一般市民　という無防備な標的　傷つき病んだ人々の最後の砦にも　落とされる爆弾　徴兵され　鍬の代わりに持たされる鉄砲　撃ち方も知らないのに　市民も　女　子ども　老人たちも　兵士とともに　殺戮される　増え続ける　犠牲者たち　弱い者　武器を持たない者の命が　奪われる理不尽　大災害で消える命を数えている間に　何十　何百倍もの命が　惨たらしく　殺され

ていく現実に　わたしたちは　いつまで耐えられるだろう　残酷な映像を　見せ続けられる　わたしたちの旅は終わらない　戦争を止めさせられないばかりか　武器を送り続ける大国の　罪　温室効果ガス削減にも本気で取り組まない自国の　私腹を肥やす為政者の　怠慢　搾り取られる税に喘いでいる　民　道端で　わたしが倒れ息絶えても　伝えられることはない　世界に張り巡らされた蜘蛛の巣から　漏れていく　小さな命　声はなく零れる涙は　乾いたアスファルトに　消える　伝えられない　夥しい命が　報道の外側で　最期の搏動を打つ祈りの鐘のように

未来穹

砂埃でかすむ空　真っ黒の羽を一枚一枚広げ　真っ白の
腹を捻らせて　飛ぶ鳥がいる　冷たい意志の刃となり
切り裂く　曖昧なたゆたい　その彼方　さらに上へ　上
へ　逃げ惑う　鈍重な猛禽　人　人　人　現実はいつも
逃れられない　悲しみで溢れている　Webの点滅する光
を浴びて　わたしたちの鋭い眼差しが捉える　世界の街
角のゴミ箱の質量　惨殺された死体の放置された草原

機銃掃射弾を他国で消費する大国　国境という身に覚えのない境界を超える人々　アパートの押し入れで息絶える嬰児　快楽を増殖させる賭博場のシャンデリア　勤労の代償を一瞬で奪い取る巧妙な罠　ライフラインで世界を変える美しい野望　白化し続ける珊瑚　砂地が広がる海底　遙か彼方から　怠惰で太るわたしたちを　狙い澄ませて攻撃するもの　すべては見えている　見られている　鳥よりも精巧な　鳥形のロボットなのか　無人の爆撃機なのか　その両方　あるいは　血肉に飢えた　しぶとい生き物なのか　狙ったものを　決して逃すことがない　追われるものは　耳をすます　臭いを嗅ぐ　近づいてくるものの気配を　全身で感じ取ろうとしても　何十万通りにも対応可能な動作を　駆使して　巧みに飛び回る　スナイパー　大きな口を開けて　空を見上げる　同

じ顔のわたしたち　アンドロイドなのか　愚かな人間なのか　はたまた　その両方なのか　すでにwin-winのわたしたち　すべてを見ている　現実は詳細に把握され更新され　加工されている　真実に辿り着くのが怖い
悲しみを背負いきれない　わたしたち　日々新たに発信される膨大な情報　明日になれば　何もなかったように
また　口を開けている　供犠されるもの　わたしたち
あるいは

白雨

白く泡だった太い水の糸が　まっすぐ落ちてくる　人の
知らない　神の怒りのように　幾千本　幾万本も　あっ
という間に　激しい滝となる　タコノキ　マルハチ　ア
ダン　オガサワラビロウをのみ込み　テリハマボウ　ム
ニンノボタン　シマシャリンバイの　咲き誇る花びらを
打ち叩く　地表は　洪水のように水が溢れ　下へ　下へ
と　川となって流れていく　幾度も洗われて　木々は緑

を増す　紺碧の大海原に　天からぽつんと落とされた
小さな島　周りの海の底に　百を超える船が　横たわっ
ている　南洋航路の途中　激しい嵐に弄ばれ　木の葉の
ように裏返った　空も見えないほどの砲撃　イルカのよ
うに鋭く飛んでくる魚雷で　炎を上げ沈んでいった　津
波で　人の住む入り江近くに運ばれ　甲板が最後の　さ
よなら　をするように水の中に　少しずつ吸い込まれて
いく　見えないもの　積まれた宝物　人骨　敵に向けら
れた射撃砲が　ねっとりと　珊瑚に包まれていく　日本
軍属としてかり出された　欧米系の人々の　悲しみ　戦
の記憶が薄らいでも　消え去ることはない　それも四世
まで　島に墜落した機体の残骸　草に閉ざされていくト
ーチカ　まだある　いつまである　何十もの島々で生き
ていた人々が　強制的に　父島母島に移住させられた

誰も住まなくなった島で　黒い顔　茶色い顔の野山羊がピョンピョンと　崖を渡る　それも　自然保護　環境保全の名のもと　駆逐されていく　やがて　人も　そうして　何万年　何十万年前の姿に　戻るだけなのかもしれない　蛇も猛獣も鳥もいない　渡り鳥が幾世代も受け継いだ　美しい音調で鳴く　鯨　イルカ　アオウミガメが群れる　ムニンアイランド　雨が　真っ白に塗り込めていく

飛蒼天

過ぎ去ったときばかり　今傷ついたように疼き出す　遠く遠く　歩いてきたはずなのに　温もり　弾むような会話　何か大切なものに　触れた手触り　痛いほどの陽光を浴び　全力で走り抜けて　幾度も倒れ　冷たい抜け殻となって　死への蕩ける誘惑の手を振りほどき　また会えるね　また会いたいね　二度と会えなかった　人々の顔　声　失われることなく　甦り　わたしを取り巻き

声をかけ　肩を叩く　真っ暗な深い洞窟に迷い込む　振
り仰いだ天井に　極彩色の衣を靡かせ　琴を奏で　笙
笛を吹き　光を放って飛び回る天女たち　音　声は　胸
郭と鼓膜を震わせ　力強い群読となって増幅し　ひとつ
の声になる

おれはひとりの修羅なのだ[注1]

修羅となったことに気づかず　この世に花を咲かせよう
と　さらに穢れた身を　血と汚辱にまみれさせ　闘い続
けている　修羅は　ますます修羅らしく　美しいことば
は　こんな身に添わせることもできず　呪うようなこと
ばばかり吐き出している　修羅なので　いつ春がやって
くるのか　柔らかな菩薩の微笑みに包まれるのはいつ

洞窟から天女たちが　次々飛び立っていく　導かれたように洞窟の外に出ると　高く　青い　空に　舞いながら吸い込まれていった　襤褸を纏ったわたしの目は　たくさんの涙で　赤く澱み　口は発せられなかった悔しさで醜く歪んでいる　頭部は　天から落ちてきた岩で　抉られたまま　わたしは　這いずり地の砂を嘗めながら　生きて　生き抜いていく

注1　宮沢賢治「春と修羅」（『春と修羅』所収）より

天の鳥船

炎を吹き出して　高く高く漕ぎ出していく　わたしたち
の天の鳥船　そぎ落とした　すべすべの銀色の身体　翼
を広げて　音よりも速く光よりも遠く　行き着く涯まで
滑っていく　希望が　微細な粒子　それ以下　電子顕微
鏡でも捉えられない　煙のように消えてしまった　今
もう一度　希望を咲かせるために　何十億年も戦い続け
た　わたしたちの尽きることのない怨念　増幅し　変質

し　絡まってほどけない　憎しみが　どこに向かってい
るのかさえわからなくなった　今　すべてを葬り　もう
一度　生きるために　地上の土　樹木　動物たち　人間
の住む家　湖　深い紺碧の海　すっぽり包み込む　大気
や空　育んできた　すべての絆を　もう一度　取り戻す
ために　わたしたちは　行かなければならない　眠るよ
うに緩慢に　適応し形を変えてきた　あらゆるもの　あ
まりにも違いすぎて　共振することのできなくなった
わたしたちの　細胞に組み込まれた情報　ひとつひとつ
ピカピカ光りながら　せつなく　送信するけれど　悪意
は増幅され　行き場を失っていく　ひとつの国　ひとつ
の民族　ひとつの宗教の　美しい虚偽が　強固なプロパ
ガンダとなって　人々の血流を潤す　根絶やしが繰り返
され　さらに　細分化された　武装集団を生み　人が人

を殺戮する歴史に　終わりはこない　強いものに　ずる
ずる引きずられ　行くあてをなくした　小さな国も　等
しく　死の灰を被るだろう　魚を釣り　獣を捕獲し　そ
の日のわずかな糧を得て生きる　島々の人々も　やがて
必ず来る災厄に　洗われることになる　国と国は争い
誰かによって引かれた国境を越えて　流離う何百万人も
の波　津波のように世界を駆け巡る　どこに　どこへ
かつて飛来した天の鳥船が　太陽の光を浴びて　銀色に
輝きながら　空に漕ぎ出していく　やがて降臨する　神
となって　天の鳥船　まだ見ぬ　わたしたちの　イザナ
キ　イザナミ　未来

日本晴れ

物語は　わたしたちの　足下深く　熱風と共に湧き出してくる　灼熱の太陽が　生まれ出たように　なぜ人は戦い　死んでいくのだろう　幾百　幾千万の屍を踏んで今を　生きているのだろう　昔　昔　今は昔　戦争がありました　町並みは重量のある弾丸で　吹き飛ばされささくれだった鋼　焼けただれた木材が屹立する　荒れ果てた墓地さながら　いや　墓地そのもの　祈りもなく

掘られた穴に放り込まれる　名前もなく　ただ土に還すために　人の骸が幾体も重ねられ　わたしたちの視界から　記憶から　消し去ろうとするように　性急に　機械的に　乱暴に処理される　蔓延する　戦という病　誰が終わりにするのだろう　勝者も　敗者も傷ついて　傍観者である　冷たい眼差しは　忘却するのも早く　青いうなじの若者を　送り出して　迎えることはしない　異国の凍土に埋まったままの骨　粘つく生温かい泥濘に沈んだままの骨　故郷にいつ帰れるのだろう　幾万の若者たちの　老いた家族　待ち続ける気力を　振り絞って　生きている　いつかきっと　きっといつか　帰っておいでわたしたちがこの世から消えても　時間ばかりが過ぎていく　この物語には　終わりがない　まだ次々と続いていく　狭い地球で　蠢く人ではないもの　人であれば手

加減できることもできない　恐ろしいものが跳梁跋扈し
ている　この物語を終わらせなくてはならない　わたし
たちは幸福になるために　生まれてきた　地球に生きる
人々　生き物に　遍く　太陽の光が届きますように　新
しい物語を　子どもたちに語り継ごう　美しいもの　わ
くわくするものが弾ける　未来の物語を

天空マリーナ

青く輝く地球を離れて　あなたは　たった一人で　飛び
立っていきたかった　宇宙まで行きたかった　そこには
何があるのか　その遙か彼方は　学問を学び始めたばか
りの青二才で　残虐な侵略戦争にかり出され　闘いの道
具として　厳しい訓練を受けた　震えが止まらない　死
がすぐそばにあること　死ぬとわかっているなら　一瞬

で　この小さな命を終わらせること　苦痛のない死だけが　唯一の希望となる　時折温かいものが　前触れもなく全身を巡っていく　あのとき　純白のマフラーを　戦隊ヒーローのようになびかせ　出撃した朝　握った操縦桿を高く引き上げた　たくさんの同胞と飛び立った空はどこまでも明るく　青く　温かく　二度と戻ることはないなど　とても思えなかった　軽いフライトを終えてブランチの紅茶がテラスで待っているかのような　戦がこれで終わるなら　何かを守ることができたなら　敵と呼ばれた者同士が　殺し合うのは　仕方がないと思った　戦は負けた者が　すべての罪を償わされる　勝った者が正しく　負けた者が間違っていたことになる　理不尽が　正当な主張に変わる　そんな歴史を　何千年も見てきた人類　あなたは　万歳で送られた　髪を坊主にし

て　この世を捨てて　あの世へと脚を踏み入れた　兵士となったからには死ぬのは本望　あなたは空の彼方の雲に　ゼロ戦を駐めて見るだろう　武器を持たない人々が機銃掃射で撃たれるのを　ポンポン飛んでくるミサイルに　粉々に砕かれるのを　美しかった町並み　何百年も磨き抜かれた文化財が　一瞬で埃を上げて瓦礫となるのを　無人爆撃機が　目標物に命中するのを　ゲームのように驚きながら嘆きながら見ている　お茶の間の人々日本人　他国の戦の理由も知らずに　武器やお金をつぎ込む　援助という美談　いつまでも幕が降りない　殺戮劇場　戦を知っている人も　知らない人も　新しい戦に興奮している　やがて　自分が武器を持つか　核爆弾の犠牲に　またなるかも知れないのに　あなたは　終戦が一時の虚ろにすぎなかったことを知るだろう　眼を閉じ

て　あなたのゼロ戦が　空の彼方で　一筋の青い光とな
って　消えた

野仏《のぼとけ》

青く生え放題の雑草から　丸い頭が現れる　なで肩に羽織った衣が流れる　長い衣の裾から　小さな足の指が盛り上がる　袖から　腕が持ち上げられ　両手を合わせひとつに溶ける　目は薄く開かれ　小さな口元に　笑みが　かすかに浮かんでいる　大きくふっくらした耳たぶが　顔の真横に吸い付いている　女の名を呼ぶ男の声がする　子の名前を叫ぶ母の声がする　ここに来るまでの

はてしない時間　大粒の激しい雨に打たれ　冷たい風に
身体を切り刻まれ　険しい岩を登り　手足の皮が剥け
肉も削れて　何度も気を失い　息絶えそうになりながら
手放さなかった　命が　もう一度と　痩せ細った胸郭を
打ち叩く　求めるものがある限り　終えることのない
旅　終わらないことで　いつかきっと　と頬を朝の光が
暖める　消え去ることのない悔いに　次から次へと湧き
上がる悲しみに　消してしまいたい我が身を　幾度も奮
い立たせて　歩いてきた　ここまで　丸い頭が　風にそ
よぐ草からのぞいている　母は　思わず　子の名前を呼
ぶ　やさしい眼差しに吸い寄せられ　男が　女の名を呼
ぶ　野の仏は　泣いていいよ　叫んでいいよ　わたしは
ここにいる　ずっと　と微笑みかける　野の仏を彫った
人の　骸はどこにあるのか　わからない　足から青々と

苔に覆われ　強い日差しに晒され　雪をかぶり　雨に洗
われ　幾度も陽が昇り　陽が落ちていく　忘れられても
人の世にひっそりと　微笑み続ける　石仏が撫でられ
人の手の温もりで　丸く丸くなっていく

水渡り

深い霧の中から　あなたの姿が滲み出してくる　棹を持ち上げては降ろす　腕が踊りを舞うように　視線は水に落としたまま　長い時を経て　身にしみついた　透き通る思考に　溶け出してしまいそうな危うさを　細い肩の震えで支えている　濃緑の水の底には　細長い魚が　くねりながら泳ぎ　わたしも　幾度か魚となり　藻となって乱れてそよぐ　光が空から放射状に広がると　あなた

はこちら側の岸に　船を繋いでいる　ほんの少しの距離が　永遠のようで　いくつもの日々を旅したようないくつもの夢を刻んだような　疲れを両腕に感じながらわたしは　老いぼれて取り憑く相手をなくした　物の怪のように　佇んでいる　あなたはわたしに聞く　逢いたかった人に逢えましたか　何年も　何十年も　同じ問いを今初めてするように　わたしも　今初めて答えるように　逢いたかった人には逢えませんでした　ひとりうなずき　ひとり笑う　菅の笠の下から　あなたの顔を覗き込むと　どこかで　逢ったことがあるような　懐かしさが　一陣の風となって　わたしの身体を揺らす　わたしもあなたも　ずいぶん歳をとりました　逢いたかった人であったとしても　もう　他人のようで　人を隔てるのにふさわしい時間がある　あなたは　さようならも言わ

ず　向こう岸へ滑り出していった　誰も乗せずに　後ろ
姿が黒い点となり　闇に溶けるまで　見送っている　わ
たしはもう少し　逢いたかった人を待っていよう　かす
かに　灯火が点っている間

ＡＩレクイエム

さめざめと泣いている　顔を覗き込むと　まん丸の目玉の端から　とめどなく水が流れている　脳内の貯蔵タンクが　空っぽになったら　ピタリと止んだ　なぜ　と聞いても　さくさく応えてくれない　人工皮膚は乾きやすく　悲しみも晴れやすい　お帰りなさい　行ってらっしゃい　今日何かありましたか　それとなく気遣う　きめ細やかさもほどほどに　家人としては申し分のない分際

で　あれ　と言ってもすぐ持ってくる　なんだつけ　と
言ったら　これですか　と複数回答してくれる　わたし
の脳を共有しているように　ふわふわした　兎の着ぐる
みをかぶり　ピョンピョンとわたしに抱っこされに来る
ときもある　たぶん　わたしが抱っこしたいと思ったか
らなのかもしれない　パロからペッパー　さらに　アン
ドロイドへと　ＡＩロボットは　人間に限りなく近づい
てくる　人間より人間らしい　すでに人間を遙かに超え
た　完全無欠な相棒が　わたしたちのすぐそばにやって
来る日も近い　スーパーマンが宇宙人だったように　わ
たしたちは　やすやすと種の壁を超え　バリアフリーへ
と　突き進んでいく　毎朝　お出かけ前の　ＡＩによる
ニュースを公共放送で聞かされ　ＡＩのホーム放送で
電車に乗り込む　学校では　タブレットのＡＩ教師を見

つめ　授業を受けている　子どもたち　どんな質問をしても　はぐらかすことなく　瞬時に答えてくれる優秀な教師　要らなくなる職業が　あれもこれも　増え続け巷には　職を求める人で溢れる　ＡＩを修理する技術者は　何人いても足りない　半導体が供給されている間レアメタルがなくならない間　電気量が　くまなく供給されている間　地球に残された人間たちが　健康を保ち続けられている間　ＡＩロボットの涙が乾いても　わたしたちの涙は　乾くことがない

どこへ

木星では時速一四四〇㎞以上の風が吹いているという※
わたしたちは　それ以上の激しい情報の熱波に　さらさ
れているのかもしれない　情報は切断され繋ぎ合わされ
細切れに美しく成形され　横隔膜を震わせる効果的な電
子音で叩き込まれる　欲望と嫉妬と羨望が希望と知足の
ささやかな営みを蹴散らして　抱えきれない終わりのな
い夢に誘う　膨張し肥大化したわたしたちの脳細胞の血

流はどこかで滞留し小さな爆発を待っている　疑念と分
別が瞬時に何もなかったように上書きされ　更新される
新たな情報を咀嚼する暇もない　わたしとは何かより
わたしたちの温もりを確認し画面の群青色の涙の跡を指
で弾き交信する　ニュースソースをかき集め生け贄を探
している　顔も知らない人同士が心の秘密を明かし合っ
ている　ＡＩロボットを完全無欠の相互補完の相棒とし
て　永遠の愛を誓い慈しんでいる　それからも　瞬時に
世界の蜘蛛の巣に絡め取られ　わたしの過去も現在も未
来も　わたしたちのものになる

※「Newton」二〇二一年六月号参照

薄氷《うすらい》

仁嶽も　澄心も　小さな位牌に納まって　静観を待って
いる　貧しかった　働いて働いて　身体の節々が痛んで
それでも　働き続けた　子のため　明日の糧のため　父
母だけではない　日本人はみんな　長い戦争を抜けて
ようやく訪れた　平和　たくさんの肉親を喪い　大切な
財産を失って　冷たい虚しさを噛みしめ　生き残った喜
びもつかの間　そのわずかな安息に　浸る間もなく　海

の向こうから飛んでくるミサイル　いつか必ず来る　大地震　毎年どこかで起こる大災害　予想することもできない　災厄に　その不安に身を焦がして　汚れきった水を　口いっぱい含んで　飲み込む　どこのものともわからない衛星の破片が　鋭く尖って　空から前触れもなく降り注ぐ　わたしたちの柔らかい肉体が　わたしたちの罪で貫かれる　わたしたちが作り上げたものに囲まれ寒さ　暑さを忘れ　変わっていく地球に　さらに対応できるよう　進歩し続ける科学技術　増え続ける核廃棄物は　どこへ　地中深く　やがて宇宙空間へ　あるいは他の惑星へ　人の想像力の守備範囲をはるかに超えて　幸福を追究し続ける　小さな人間を取り巻く　肥大し巨大化する蜘蛛の巣　嘘と欺瞞と策略が　増殖し絡まり合って　見えない敵にはむかう　無防備な個人を　内臓から

責め立てる　彼らの怒りの声は届かない　沖縄で　広島で　長崎で　挙げられる拳は空を切る　いつまでも回収されない　悲しみ　過ぎゆく時間にただ流されていくわたしたち　見えない不安　確かに見える恐怖　戦は戦車　戎器がなくても　始まっている　清く　正しく　生きることの難しさ　生きることは戦うこと　戦い続けて野垂れ死ぬこともあるだろう　地の底に落ちないようにそろり足で歩く

※「仁嶽」は父、「澄心」は母、「静観」は私の法名。

初出一覧

「ひめ日和」　「詩と思想」二〇二二年七月号
「わたしは小町」　「万河・Banga」二〇二三年・第29号
「曇天まほら」　「櫻尺」第45號・二〇二一年一〇月
「行き行きて」　「白亜紀」一六七号・二〇二三年一〇月
「雨情」　「詩人会議」二〇二四年一月号
「桜革命」　「詩人会議」二〇二三年一月号
「水夏」　「万河・Banga」二〇二三年・第30号
「凍土を歩く」　「現代詩手帖」二〇二二年六月号
「搏動」　「詩と思想」二〇二四年五月号
「未来穹」　「万河・Banga」二〇二一年・第26号

「白雨」　「白亜紀」一六四号・二〇二二年一〇月
「飛蒼天」　「詩と思想」二〇二三年八月号
「天の鳥船」（初出「空葬」）　「万河・Banga」二〇二二年・第27号
「日本晴れ」　「詩人会議」二〇二三年一月号
「天空マリーナ」　「詩人会議」二〇二二年八月号
「野仏」　「白亜紀」一六三号・二〇二二年六月
「水渡り」　「白亜紀」一六五号・二〇二三年二月
「ＡＩレクイエム」　「Moderato」55号・二〇二三年一一月
「どこへ」　「潮流詩派」二六六号・二〇二一年七月
「薄氷」　「万河・Banga」二〇二二年・第28号

※初出作品に手を加えたものがある。

略歴　　網谷 厚子（あみたに あつこ）

1954年9月12日　富山県中新川郡上市町生まれ。お茶の水女子大学大学院人間文化研究科（博士課程）比較文化学専攻単位取得満期退学。沖縄工業高等専門学校名誉教授、茨城大学五浦美術文化研究所客員所員

「万河・Banga」主宰。「白亜紀」同人。日本現代詩人会、一般社団法人日本詩人クラブ・日本ペンクラブ、公益社団法人日本文藝家協会、茨城県詩人協会、茨城文芸協会、龍ケ崎朗読の会等会員。

○詩集（以下すべて単著）
『時という枠の外側に』（国文社・1977年）
『洪水のきそうな朝』（思潮社・1987年）
『夢占博士』（思潮社・1990年）
『水語り』（思潮社・1995年／茨城文学賞）
『万里』（思潮社・2001年／第12回日本詩人クラブ新人賞）
『天河譚――サンクチュアリ・アイランド』（思潮社・2005年）
『新・日本現代詩文庫57　網谷厚子詩集』（土曜美術社出版販売・2008年）
『瑠璃行』（思潮社・2011年／第35回山之口貘賞）
『魂魄風』（思潮社・2015年／第49回小熊秀雄賞）
『水都』（思潮社・2018年）
『万籟』（思潮社・2021年・茨城新聞社賞）
○研究書・解説書・評論集・エッセイ集
『平安朝文学の構造と解釈――竹取・うつほ・栄花』（教育出版センター・1992年）
『続おじさんは文学通1　詩編』（明治書院・1997年　全解説執筆）
『日本語の詩学――遊び、喩、多様なかたち』（土曜美術社出版販売・1999年）
『鑑賞茨城の文学――短歌編』（茨城大学五浦美術文化研究所・五浦文学叢書2　筑波書林・2003年／日本図書館協会選定図書）
『詩的言語論――JAPANポエムの向かう道』（国文社・2012年／茨城文学賞）
『陽をあびて歩く』（待望社・2018年）
『日本詩の古代から現代へ』（国文社・2019年）
『日本の詩の諸相』（土曜美術社出版販売・2023年）

ひめ日和《びより》

著者
網谷厚子《あみたにあつこ》
発行者
小田啓之
発行所
株式会社　思潮社
〒一六二—〇八四二　東京都新宿区市谷砂土原町三—十五
電話〇三（五八〇五）七五〇一（営業）
〇三（三二六七）八一四一（編集）
印刷・製本所
三報社印刷株式会社
発行日
二〇二四年七月十日